포레의 비가를 듣는 밤

예술가시선 32

포레의 비가를 듣는 밤

초판 1쇄 발행   2023년 5월 22일

지은이   허정애

펴낸이   한영예
편집   박광진
펴낸곳   예술가
출판등록   제2014-000085호
주소   서울 송파구 문정로13길 15-17, 201호
전화   010-3268-3327
팩스   033-345-9936
전자우편   kuenstler1@naver.com
인쇄   아람문화

ISBN   979-11-87081-27-2 03810

예술가 시선
32

포레의 비가를 듣는 밤

허정애 시집

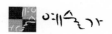

시인의 말

수많은 선택의 가능성이 펼쳐지는
시간의 미로에서
너무 많은 내가
너무 많은 그대들에게

2023년 여름
허정애

목차

2부

3부

4부

1부

포레의 '비가'를 듣는 밤

첼로와 피아노가, 파토스와 에토스가 몸을 기대는 밤
마음 밑바닥 음습한 신전에 햇빛이 스미는 밤
허공을 부여잡은 열 개의 손가락에
붉은 꽃잎이 피어나는 밤, 글라디올러스
글라디올러스, 뒤엉킨 사념이 급류를 이루는 밤

포레의 비가를 듣는 밤

사자들이 졸고 있는 한낮의 대평원
눈이 예쁜 임팔라들이 풀을 뜯는 밤
사바나의 밤, 사바나의 자욱한 발굽 소리
반사막에 만 갈래 물길이 생겨나는 밤
야만의 폭풍을 지나, 이성의 크레바스를 지나
구원이 오고 있는 밤

하얀 돛을 부풀린 배에 실려 서정의 심연을 항해하는 밤

시는 아직 태어나지 않았어요. 그러나 도달하겠지요.[*]

[*] 드니 디드로, 『라모의 조카』에서

에피 브리스트* 모놀로그

누가 나를 이곳에 놓아두었을까?
누구의 말, 누구의 행동으로 이 시간 이 공간이 할당되
었을까?
이 미궁 속에 아드리아드네의 실뭉치가 있기는 한가?

꿈이 혼란스럽지만 겁에 질려 소리지르지 않아요.
일을 저질렀으니 어떤 식으로든 대가를 치러야죠.
눈뜨니 찢긴 육체가 다 채운 퍼즐처럼 완벽해요.
세상은 빨갛고 노란 나뭇잎 천지
물웅덩이마다 새들이 깃을 치며 놀아요.

삶의 변덕성을 넘어가는—새의 선율, 나무의 선율

나는 맨발의 던컨이 돼요.

디오니소스의 무녀들은 신발을 신지 않죠. 몸이 드러

나면 어때요?

올림포스 신들의—추락을 감수하는—비극

절정은 몸부림이죠. 복잡할 게 없어요.

천상의 삶이든 지상의 삶이든, 자기 방식대로 살게 마

련이니까.

* 폰타네의 사실주의 소설, 1895년

상대성이론의 견지에서

그렇다면 그들은 프라그멘트적*이라 할 수 있겠군요.

한 사람은 굳건히 뿌리내린 한 그루 나무 곁에 서 있고
한 사람은 길 가운데 서서, 겁에 질린 채
내면의 비명을 듣고 있습니다.
서로 한 걸음도 나아가지 못하고
자신의 미궁 속에서 맴돌고 있다는 것이지요.

무슨 생각을 하고 있지요? 라고 묻는 듯
그들은 이따금 눈을 마주합니다.
그 맑고 깊은 웅덩이를 들여다볼 수 있을까요?

우리는 투명한 해파리에서조차

그 행위의 기저를 알아낼 수 없습니다.

생각은 생물보다 빠르게 생성되고 소멸합니다.

누구나 노력하지만 도달하지 못하지요.

하늘엔 우주의 과거가 빛나고

과녁을 넘거나 못 미친 말들이 사태처럼 쏟아집니다.

나는 어둠의 지평에서 떠오르는 피레네의 성**을 봅니다.

중력에 저항하는, 영원히 떠다니는 성을

* 카프카의 문학에 나타나는 연속적인 단절 현상

** 르네 마그리트의 작품

빌딩 유리벽에 쾌속 투신하는 황조롱이

흉곽을 가로지르는 이 결빙의 속도를 감당할 수 없다. 기억이란 얼마나 부풀려지고 왜곡되기 쉬운가. 나는 자신이 만든 허구에 생을 걸고 싶지 않다. 누군가의 여정에 우연히 끼워진 괄호는 더욱 되고 싶지 않다.

내 숨길 수 없는 욕구와 몸에 밴 긴장의 교차점에 바둑돌 놓듯 그는 말하지만 그 말의 숨은 의미를 나는 알지 못한다—아, 젖은 셔츠처럼 들러붙는 의심과 어떻게 타협해야 할까—다만 그와 나 사이, 말이 되지 못한 더 많은 말들이 만든 빔쏠이, 그 커다란 결핍이 내 삶의 바퀴살에 어떻게 작용할지, 어떤 국면으로 나를 끌고갈지, 어렴풋이 감지할 뿐이다.

사자머리 염소몸 뱀꼬리

4면이 거울로 된 화장실—거울에 비친 수많은 거울
속, 360도 광각으로 나를 응시하는 나의 털을 곤두세
우는 눈을 뗄 수 없게 하는, 작금昨今의 나라는 나 모두
를 원심분리하듯 뒤흔들어, 살갗처럼 달라붙은 한 겹
두 겹…일체의 가면을 벗겨내, 시황릉의 토병같이 도
열시키는—무언가가, 벌겋게 껍질 벗겨져 눈을 부릅뜨
고 전율하는 무수한 나의 자멸을 재촉하는
거울의 나락 속 저항할 수 없는 저 무서운 현현顯現

발푸르기스의 밤[*]

열대 과일과 꽃으로 장식된 무대 위에서 너는 삼바 드럼에 맞춰 춤을 추고 있다.
공작 깃털 옷을 걸친 네 몸의 근육이 수축과 이완을 거듭할 때마다 작열하는 인파들; 너는 격렬해진다.

나 없이도 넌 행복한 모양이다.
내 뇌리에 각인된 네 목소리 표정 몸짓, 아름다운 모든 것들은 누구나의 것이 아니다.
너는 허튼 몽상이라는 말로 나를 외면했지만
인간의 어떤 열정보다 질긴 불꽃을 아는지
재깍거릴 뿐 터뜨려지지 않는 시한폭탄 같은 광기를 아는지
모니터 바깥 어둔 방에서 모멸감에 떨고 있는 나를 생각해 본 적 있는지

때로 나는 행위보다 말이, 말보다 관념이 힘세다는 걸 믿는다.

누구나 숨가쁜 몸부림 뒤엔 자기소멸이 찾아오지 않는가.

나는 너를 관통한다.

* 8세기 독일의 발부르가의 날에서 유래, 광란의 무도회가 열리는 밤

페드르Phèdre[*]
—페드르의 고뇌

너는 묘비처럼 말이 없고
너를 벗어버린 살에서 검은 깃털이 자라는 밤
뇌세포 하나하나, 신경 한 올 한 올, 근육 켜켜로 퍼져
가는 탄력감
이 생소한 가벼움을 경멸하지 마라.
네 축축한 탄식으로, 빙벽의 침묵으로
나를 길들이지 마라.
비애의 두터운 날개로 어떤 난간 위에 서든 어디로 치
닫든
내 방식에 끼어들지 마라.
독선의 촘촘한 체를 더 이상 들이대지 마라.
숨가쁜 경련도 피흘림도 내 몫이니
이제야 나는 정신의 불구를 면하고 있으니

나는 사랑한다, 사랑한다.

[*] 장 라신의 비극

폭풍우 치는 밤
—그리하여 내가 안전해진다

번개와 천둥 사이, 털을 곤두세운 네가 좋아. 너무 많은 너 너무 많은 나, 소리 없는 소요가 좋아. 비 듣는 창이 좋아. 제 몸을 찢으며 광란하는 가로수들—꼬리를 물고 궁리에 명멸하는 자동차들—발광체 같은 요지부동의 마천루들—창검을 낚아채고 말달리는 비의 군단들, 좋아 좋아. 심해 같은 도시 난해한 불협화음이 좋아. 혼자 듣는 브람스가 좋아. 으르렁거리며 돌진하는 마에스토소 불현듯 잦아드는 아다지오, 관현악의 폭발적 절정이 좋아. 과묵한 그, 지고지순한 그가 좋아. 격류에 휩쓸리는 부유물들 인류의 고통-절망 가뿐히 지르밟는 이 밤이 좋아 좋아.

오 사념이여, 그 어떤 먼 고장을 향하여 그대는 날아가려는가*

바닷가 모래톱 하얀 침대 위에

표목漂木처럼 여자가 누워 있다.

먼 바다 수평을 지우는 안개의 자락을 끌고

산이 높은 모자를 쓴 사람이 해안으로 다가갔다.

그가 파도의 질곡을 들려주는 동안

혼몽해진 여자의 손이 바람결처럼 모자를 들추었다.

사람의 얼굴이 간 데 없고

만유萬有에 태양빛이 흩뿌려졌다.

빛살의 파문 속으로,

춤사위 같은 그들의 윤곽이 사라지고 있었다.

* 윌리엄 블레이크

너무 많은 손가락들을 꺾고

샤워기 아래 물줄기를 맞습니다.
물의 살이 깊어 내 언어들이 고무공처럼 튀어 오릅니다.
둥근 표면마다 섬모 같은 손가락들이 돋아나
물의 살을 문지릅니다.
그는 끊임없이 출발하고 나는 수없이 미끄러집니다.
내가 동요하는 걸까요?

그의 말간 눈동자를 꿰뚫듯 붙들어보지만
그의 좌표를 늘 확인하지만, 그는 열리지 않습니다.
도처로 표류하는 그를 쫓아갈 수 없습니다.
우발적인, 지극히 하찮은
뚜렷이 드러나지 않는 장애물들
내가 관대해져야 할까요?

미생물들은 보이지 않는 크기로 세상을 뒤흔듭니다.

나는 피로하고 내 언어들은 역류합니다.

나는 너무 많은 손가락들을 꺾고

쏟아지는 물줄기를 맞습니다.

그는 사라지는 중일까요?

그는 부활할까요?

묵시 2중주

케이지의 *4분 33초*˚가 연주되는데

누가 삐걱거리는 계단을 밟고 있나, 오지도 가지도 않고
질긴 활로 어둠을 켜고 있나
지친 기색 없이, 손가락 마디마디 푸른 녹을 피우고 있나

형식을 포기 않고 내용을 무산시키는

늘 그만큼의 거리, 공명통의 공空-허虛
내 살갗이란 살갗 팽배한 현 망망 우주로 열려
이 부재를 견뎌야 할까?
한계를 받아들여야 할까?

피아노 앞의 연주자가 초시계를 만지작거리는데

한입 가득 싱그러운 과일을 베어물 듯 화해할 수 있을까?

열망만으로 곡조가 현현하는 무위세계가 도래할까?

* 3악장으로 구성, 4분 33초 동안 연주자가 악기를 연주하지 않고 침묵.

뭉크의 방

나는 표면이지 매끈거리지 부드럽지 당신이 만지는 내
몸 모서리가 없지 한 손에 들어오는 리모트컨트롤 빈
터에 펼쳐놓은 유용한 카펫 거친 말들이 달리는 몽골
의 초원 나의 실체가 간과되네.

이제 나는 세상에 없는 추상 절규로 채워진 뭉크의 방

그리다 만 절규 실패한 절규
나아질 리 없는 무채색의 절규
소외로 점철된 뾰족한 절규
불안에 흔들리는 가파른 절규
검은 절규 붉은 절규
뿌리 없이 떠다니는 노란 절규

은폐와 허위로 지탱되는 생명의 프리즈
공연되지 못한 백 개의 모놀로그

그대는 들리지 않는가? 우리가 '평탄'이라고 말하는 저
지평을 질러오는 우르릉거림이,

광인의 肖像

머리로 바다 위를 걷는 자, 머리로 별자리를 운행하는 자
수천 개 방울 달린 광대모를 쓰고 팬터마임을 춤추도다.
공중정원에 말의 그물을 드리우도다.

펄떡거리는 色-色-形-形 물고기들
헤르메스의 촘촘한 그물을 들락거리는, 밀도가 없는
피가 없는, 착란의 이미지들

무언극의 우스꽝스런 스텝으로 스스로 조소하거나 겸
허해지거나

결국, 원형의 탑에 갇혀 그 부재를 견뎌야 하는
기억의 긴장으로 노랗게 질려가는
튜브 속의 창백한 물질 같은 당신이, 내가,

파란 리본에 바닷가재를 묶어 뤽상부르공원을 돌아다닌
외진 골목 얼어붙은 가로등에 목을 맨 네르발이,

끝없이 두 갈래로 갈라지는 길들이 있는 정원[*] 1

길의 끝에서 망설임 없이 돌아서는 것; 벽 앞에서 좌절 않는 것;

미로 속 실험쥐처럼 분주한 너는, 석양 드는 강의실에서 산화 환원 반응식을 풀고 핵산 분해 산물을 외우고 목이 긴 사서에게 고전들을 반납하고 소라커피숍 입간판 앞에서 s의 잠적에 붙들리고 난반사하는 질타와 허위의 그물 앞에 무릎 꿇고 쇼펜하우어를 필사하고 k에게 마지막 편지를 보내고 삶이 달라질 거라 믿은 너는, 여전히 자신일 뿐인 너는, 르아브르항 새벽 안개에 길을 잃고 아프가니스탄 아이의 깊어진 눈망울을 조우하고

과거와 현재의 상황을 비교하는 것; 갖가지 변수를 가정하는 것;

네가 존재했던 모든 시간 속에 부재하는 현재적 너는, 불면의 광휘에 휩싸인 너는,

[*] 보르헤스의 단편소설

푸른 재킷을 걸친 작가

멋진 삶이라구요? 눈빛이 깊다구요?—이 자리에 불린 이유인지 모르지만—난 그저 얼빠져 있을 뿐이에요. 사방에서 조여오는 사냥개 짖는 소리에 이리 뛰고 저리 뛰는 짐승일 뿐이에요. 써야지, 써야지, 써야 한다. 컹-컹-컹, 귀를 막아도 소용없어요. 연명하듯 한 편 쓰고 나면 감을 잃기 전에 한 편 또 한 편, 하지만 마음대로 되는 게 아니죠. 그냥 헐떡거리는 거예요. 야만스럽기 짝이 없는 삶이에요. 감흥의 순간? 행복? 그야 써지는 동안은 즐겁죠. 퇴고도 재밌어요. 당신이 선량한 눈빛으로 나를 보고 있지만, 나는 옳거니! 당신의 일언일구를 머릿속 서랍에 넣어두고 첫 문장을 어떻게 시작할까, 이 공간을 채우고 있는 낯설고 따뜻한 냄새—사람들 말소리—집기들 부딪히는 소리—프로방스 풍의 장식들—특별히 당신이 앉아 있는 조가비 같은 라탄의자를 어떻게 써먹을까 궁리하고 있어요. 거기다

창밖의 눈발이라니 빌어먹을, 사냥개들이 열에 들떠
짖어대는군요. 마음 편할 날이 없어요. 가봐야겠어요.
정신을 갉아먹히기 전에,

2부

괴목에 괴물들이 무르익어

괴목에 괴물들이 무르익어 있는 사태처럼
나를 경악케 하는 것은 없다.

뿌리는 박질 황토에
기자들은 한낱 비바람 속에 뻗어 출렁거렸으나

모든 것이 멸렬하는 가을을 가려 그는 홀로
황홀한 빛깔과 무게의 은총을 지니게 되는

괴목에 괴물들이 무르익어 있는 사태처럼
나를 경악케 하는 것은 없다.

―흔히 시를 잃고 저무는 한해, 그 가을에도
나는 이 괴목의 기적 앞에 시력을 회복한다.

― 박성룡 「괴목」

일간지에 실린 시를 읽고 괴목과 괴물들의 중의重義를
엮는데
다시 보니 괴목 아닌 과목果木, 괴물 아닌 과물果物, 기
자 아닌 가지
연일 표제 검은 활자들이 눈속 유리체에 비문을 만든
것이 분명!

『정신현상학』을 보다가, tv를 읽다

환풍기 수리공에서 일약 슈퍼스타k2의 주인공이 된 청년, 각종 매체 출연과 수만 명 팬들의 환호를 받게 된 그가 들뜬 표정으로 심경을 말한다.
"나 자신만 제외하고 주변의 모든 것이 달라졌어요. 지금 제일 하고 싶은 건 전처럼 여자친구와 만나고 pc방 가는 거죠."

그의 자신만 달라지지 않았다는 모순된 의식은 헤겔식으로 말하면 자기의식의 이중화, 한 개체에 대립하는 또 하나의 개체가 등장한 것, 자아가 자신의 반대물에 대립적인 것으로 자신을 파악한 것

'이 두 자기의식의 관계는 서로 생사를 건 투쟁을 통해 각기 자신의 존재를 입증하는 것으로 규정된다. 왜냐하면 자기가 독자적인 존재라고 하는 그들 자신의 확실성을 그들 자신의 진리로 고양시켜야만 하기 때문이다. […] 이 생명을 건 투쟁을 통해 자유가 입증된다'

인간의 모든 당위가 파괴적 자아 분열이나 자기 소멸
로 이어지지 않고 자유로운 존재에서 확보된다면, 이
엄청난 변화에 맞닥뜨린 그는 앞으로 '자립적 자기의
식이라는 인정의 진리'에 도달하기 위해 얼마나 힘든
자기 자신과의 싸움을 해야 할까.

기호記號의 힘

지하철역 출구 앞에서 배웅을 받을 때
계단을 올라가는 경우가 있고
계단을 내려가는 경우가 있다.

계단을 올라갈 때는
계단 아래 사람이 페이드 아웃되고
계단을 내려갈 때는
내려가는 내가 페이드 아웃된다고 느껴진다.

아래쪽에 있는 사람이 멀어져 간다고 생각되는 것이다.

under-stand

누군가 "당신을 이해해요"라고 말할 때
그 누군가는 이미 한 걸음씩 사라지고 있는 걸까?

응무소주 이생기심

그런 사람은 아니지요, 반박하려다
그런 사람이 아니지요, 혼잣말을 한다.
'그런 사람'이 사막의 가시넝쿨처럼
나를 문지른다. 내가 황량해진다.

사람의 평생이 대규모 미궁이니
영속되는 고통도 기쁨도, 생애를 일관하는 맹세도 없
으니

허공의 구름이 일어났다 사라지듯
응무소주 이생기심, 應無所住 而生其心

눈 뜬 자들의 도시

스타벅스 안으로 한 걸음 내딛는데, 몸을 엄습하는 타격
훤히 내보여 위장하거나, 되비춰 은폐하는
유리벽의 자명한 반격

예감 없이 징후 없이 전신으로 마주친 자리
파랗게 금가는 나를 보고 있는가.
나쁜 꿈처럼 지워버리고
네 부름에 응답할 수 있겠는가.

사막에서 그는/너무 외로워/때로 뒷걸음질로 걸었다/
자기 앞에 찍힌 발자국을 보려고
스스로 관계 맺지 못하는 사물들의 세계
오르텅스 블루의 '사막'이 도시에 있다.

보이는 게 전부인 줄 아는 자들
빌딩 유리벽에 쾌속 투신하는 황조롱이들
진화심리학적이든 존재론적이든
문제는 허기虛飢, 허기가 문제

약간의 경멸은 많은 것들을 해결해 주지[*]

바닷물이 푸르게 보이는 건 푸른빛을 거부하기 때문
잇달아 하얗게 파도치는 건, 푸른빛으로 규정된 바다
가 최소한 저항하는 것

제3자가 듣기 좋은 소리에 섞어 하는
순종적이라는 말
애완동물처럼 길들어져 보인다는 것
사막여우라고 하면 견디기 쉬울까?
여전히 곁을 주지 않는
사방 훤한 우리에 갇혀 밤새도록 바닥을 긁어대는

슬프게도, 자신이 받아들이지 못하는 것으로 규정되는
존재들;

시를 쓴다는 건 자신의 어둠과 맞서는 것
잇달아 하얗게 파도치는 것

[*] 『모딜리아니, 열정의 보엠』 중에서

201호가 대응하는 방식

헤비메탈사운드, 염불-목탁소리, 귀신곡소리, 아비규
환-저승사자웃음소리 진보에 진보를 더해 황병기의
'미궁'-심장을긁는울음웃음이뒤섞여혼을부르는 원초
의 보칼리제 무한반복; 301호가 401호에 대응하는 방
식, 401호의 삶에 대응하는 301호의 삶을 위한 방식,
천정을 타고 사방 벽을 타고 흐른 검은 담즙이 정수리
를 짓누르는 방식

이중二重의 삶에 거리를 두고, 나는 자코메티와 호숫가
에 앉네.
잿빛 의식 속으로 환각처럼 가늘고-긴-남자가 걸어오네.
먼 하늘 석양을 향해 그는 걸음을 멈추지 않을 것이네.

관계의 메커니즘

감정은 내적인 성향이 아니며, 자신이
무엇인지를 자신의 대상에 의해 자신에게
알리는 대상화적이고 초월적인 관계이다.
—사르트르, 『존재와 무』

누군가 내 입에 아이스크림을 넣어줬는데

나는 하고 싶은 말을 혀끝에 매달고 있어, 즉각적으로

뭔가 뱉어졌는데, 누군가 얼굴을 돌렸는데

흩뿌려진 말들을 주워 담지 못했는데

누군가 떠난 자리 물 빠진 갯벌 같아

도처에서 이말 저말 숨구멍을 틔우는데

거북해진 발을 끌고 오래 도심의 소음 속을 걸었는데

불빛 아래 몇몇 몇백의 군상들, 인상印象의 배후를 더듬
어 보는데

너 나 없이 만 가지 감정을 후광처럼 거느렸는데

석화전광石火電光, 대형 광고판이 세기적 청사진을 약속
하는데

환도와 리스[*]

#1

말을 해, 리스. 때로 벙어리가 돼버리는데, 이유를 모르겠어.

북을 쳐줄까? '날개의 노래'를 불러줘?

예쁜 이야기는 어때, 다리가 불구인 여자를 수레에 태우고 따르로 가는?

말해봐, 뭐든 한 마디라도. 난 외톨이가 된 기분이야.

발목이 아픈 거야? 앉은 자리를 바꿔줄까?

내가 너무 빨리 달린 거군. 우린 벌써부터 따르에 도착하려 애썼는데 여태 제자리야. 그곳에 가면 나는 배를 한 척 사겠어. 하늘보다 푸른 바다를 보여줄게, 들판 가득한 꽃을 보여줄게.

#2

피로가 문제야. 일어나 리스, 옷매무새를 고쳐줄게.

밤새도록 길바닥에 세워둔 건 미안해. 그렇게 고통스러운지 몰랐어.

50

당신이 얼마나 아름다운가 보여주려 했어. 발가벗은 당신은 놀랍도록 근사했어. 내가 부탁하자 사람들이 머리를 조아리며 조심스럽게 당신을 어루만졌지. 틀림없이 그들은 명랑하게 길을 갈 수 있었을 거야. 괴롭히려 그랬던 게 아니라니까.

당신은 이상하단 말이야. 내 모든 행동이 당신을 위한 거라는 걸 모르나 봐, 늘 의심하거든.

#3
리스, 리스! 심장이 멎은 건가? 내가 무슨 짓을 한 거지?

가죽띠를 든 건 내 잘못이야. 다시는 심술부리지 않을게. 쇠사슬을 풀어줄게. 눈을 떠봐, 리스.

따르에 가면 우린 행복해질 수 있었는데, 당신이 죽으니 너무 슬퍼.

장례식에서 당신이 좋아하는 '날개의 노래'를 불러줄게.

무덤으로 당신을 찾아갈게, 꽃을 들고 개를 데리고.
바퀴, 풍뎅이, 나비, 개미, 지상의 모든 동물을 장난감
으로 선물할게.
내가 북을 쳐줄게. 그리고 기억해줄게, 오래-오래.

* 페르난도 아라발의 희곡, 초록-변용

마지막 발라드
—Long Playing Record

당신은 고장난 턴테이블이군
더 이상 나를 읽지 못하는군
당신만의 독주, 소통되지 않는 독백
끝이 없는 반목이군
내 인내를 갉아먹는 숨가쁜 권태
해질 무렵 텅 빈 광장이군

함께했던 시간 무엇이 문제였을까
섣불리 쏟아부은 숭배의 키스?
일상과 일탈의 좁힐 수 없는 간극?
그렇군, 성지가 아닌 무덤이었군

나 이제 덜거덕거리는 당신을 지우고
몽유병자처럼 길을 가네
당신이 지난 자리 무수한 빛깔의 무늬들
그 부름에 속절없이 실려가네
소리 없는 세상이 혼자 출렁이네

카니발리즘, 혹은 사랑의 이면

부싯돌하늘의 아들 표범발이 사냥한 멧돼지의 몸을 나
눈다.
연기개구리에게 비틀린코에게 덩치에게 코코아잎에게
손아귀에서 더운 김을 내는 심장을, 간을, 위장과 고환
을, 선홍빛 살점들을

피라미드 신전 제단 앞 선별된 포로들이 파랗게 질려
있다.
산 사람의 가슴을 가르는 제사장의 피로 물든 몸
쿠쿨칸에게 바쳐지는 펄떡거리는 심장, 심장들
역청처럼 엉겨붙은 피의 피라미드 가파른 계단 아래로
끊임없이 굴러 떨어지는 머리통들, 몸뚱이들
절단된 주검의 검붉은 탑을 둘러싸고
거대한 문명의 영원한 안위를 기구하는 마야인들의 함성

「아포칼립토」의 장면들

나는 피의 제전에서 얼굴을 돌리지 않는다.

"피투성이 아벨의 창백한 모습 아래
나는 때로 카인의 치명적 붉은빛을 지니노라!"[*]

* 네르발의 소네트 「앙테로스」 인용

아이슬란드
—L 선생님께

엽서 잘 받았습니다. 그림으로 보는 크라플라 화산지대가 황량한 달 표면 같군요. 수차례에 걸친 대규모 폭발이 지열발전소를 만들면서 뚫은 구멍 때문이었다니, 지질학자들의 말처럼 '사람이 일으킨 재앙'이라 할 수 있겠군요. 화산재가 만든 검은 사막 검은 폭포, 발밑에서 뜨거운 김이 솟아오르는 땅,

자신과의 타협은 잘 됐느냐 물으셨지요.
몸 전체가 거대한 심장인 듯 느껴질 때가 있습니다. 얇은 지각에 착암기를 들이대듯 마음을 쑤석거려도 드러내서는 안 되는 감정들이 있지요. 불덩이 같은 것들, 쇳물처럼 소용돌이치는 것들,
일단 분출되면 걷잡을 수 없겠지요. 피로 쌓은 성곽이, 천년 왕국이 송두리째 잿더미가 되겠지요. 전복의 틈새마다 독성의 연기 피어오르겠지요. 부정의 관념들이 매캐한 유황 냄새를 풍기겠지요. 발치까지 엄습한 유빙들이 냉소의 눈짓을 주고받겠지요. 창공의 별이 보

이지 않고 맑은 물소리가 새들의 지저귐이 들리지 않
겠지요. 검은 사막 위로 바람 소리 횡행하겠지요.

북위 63도 불과 얼음의 나라는 '세상의 끝으로 가는
길'이지요.

존재-시간

붉은 용액이 끓고 있는 플라스크, 시료가 든 시험관들,
빛을 흩뿌리는 크고 작은 비커들;
둥근 양철지붕의 실험실로 아버지가 찾아오셨다.
말끔한 양복에 백자 같은 얼굴을 하시고

들어오세요, 들어오세요; 들으셨는지 못 들으셨는지
느닷없이 낯선 도시에 내려진 것처럼 우두커니, 서 계
셨다.

그와 나 사이 지척인데, 몇 개의 문을 지났는데
거리가 좁혀지지 않았다.
나를 정점으로 하얀 실습복을 입은 나와 그 사이가
삼각 구도로 고정되었다.

수십 년 시간을 되짚어 먼 길을 오신 아버지;
무슨 할 말이 있었던 걸까?
그는 왜 아버지의 형상을 취한 걸까?—나는 왜 죽은 자
들을 소환한 걸까?

오랫동안 열린 창 앞에서 밤의 고요를 향해 나도 그렇
게 우두커니,

아무 망설임 없이

그 순간,/흠씬 젖은 내 육신과/비 맞아도 젖지 않는 내 영혼 사이/어떤 음악이 흘렀을까*

차이코프스키(1840-1893); 피아노 협주곡 1번 B단조, 작품번호 23
프로코피에프(1891-1953): 피아노 협주곡 3번 C장조, 작품번호 26
드보르작(1841-1904): 첼로 협주곡 B단조, 작품번호 104
엘가(1857-1934): 첼로 협주곡 E단조, 작품번호 85
코른골트(1897-1957): 오페라 〈죽음의 도시〉, 1막 '마리에타의 노래', 2막 '나의 갈망이여, 나의 망상이여'
쇼스타코비치(1906-1975): 교향곡 5번 D단조, 작품번호 47
말러(1860-1911): 교향곡 9번 D장조, 제4악장 아다지오-몰토 아다지오-수비토
무소르그스키(1839-1881): 교향시 〈민둥산의 하룻밤〉

알레그리(1582-1652): 〈미제레레〉 그레고리안성가·다성합창

아무 망설임 없이 시인이 가고 시가 남았다.
시가 흔적이다, 삶이다.
삶이 죽음이다, 시다.

* 김충규(1965-2012), 시집 『아무 망설임 없이』 중에서 「그 순간」

나는 그대들이 아프다[*]

환승역에서 잘 가라는 인사를 한다.
다음을 기약하며 악수를, 포옹을 한다.
군중들에 떠밀려 아득히 멀어지는 그대, 그대들

만남의 시작이 그랬던 것처럼, 느닷없이
별별別別 결별이 찾아오지 않겠는가.
뇌를 가로지르는 무한 데시벨의 정적 속에
공고했던 시간이 허물어져 내리고
자신의 내용이었던 한 세계가
감쪽같이 사라지지 않겠는가.
기막힌 무無의 입 벌림에 무릎 꿇지 않겠는가.

군중들에 떠밀려 아득히 멀어지는 그대, 그대들

* 롤랑 바르트 "나는 그 사람이 아프다" 변용

3부

나는 도처에서 나를 쫓아간다[*]

한 무리 비둘기 광장에 내려앉았다. 그냥 지나치려니
기묘한 몸짓의 한 마리가 의뭉스런 눈길을 던진다.

이 직관直觀의 끈적거림이 불쾌하다.

감추고 싶은 건 쉽게 드러나, 대지를 밟았으니.

가장 좋은 때는 언제 오는가, 왜 결단을 피하는가.
자유의 공고한 발판 위에서 왜 기우뚱거리는가.

눈을 뒤룩거리며 아스팔트 위를 쪼아대는
놈의 뭉툭한 다리 끝에

한겨울 일광日光이 여백을 남기지 않았다.

* 장 폴 사르트르

64

환승역

세렝게티 초원으로 가는 집결지
마라강을 건너는 수천수만의 누 떼들
강안江岸에서 뒤섞인다, 요동친다.

거센 물살에 붙들려, 굶주린 악어에 휩쓸려
죽어가는 것들과
벼랑을 오르려 사투를 벌이는, 진창에서 짓밟고 짓밟히는
살아남은 것들이

고통을 축으로 영원회귀하는

천년A Thousand Years[*]

두 개의 공간으로 나뉜 유리 진열장, 한쪽에는 피가 흥건한 소의 머리가 다른 한쪽에는 파리가 가득 든 상자가 놓여 있다. 하나의 죽음 뒤에도 시간이 흘러 소의 머리가 부패하는 동안, 냄새에 끌린 파리들이 자유를 구가하듯 뚫린 구멍을 통해 날아든다. 음지식물의 포자처럼 사체에 달라붙은 파리들이 그곳에서 영양을 섭취하고, 교미하고, 알을 낳고, 무슨 욕망의 형상화 같은 구더기를 피워내고—사방이 벽인 유리의 방에서—자신들만의 삶에 취해 윙윙거리다 설치된 전기충격기에 죽음을 맞는다.

프레임 밖의 사람들이 거듭 사라지고

소머리의 형태가 검게 지워지고, 새로운 소의 머리가 대체되고

누군가 계획한 거대한 시스템 속에서 삶과 죽음이 무
한 반복된다.

* 데미안 허스트의 설치미술 작품

계단을 내려가는 추상
—어느 신경증자의 고백

그와 함께한 자리에서 내 휴대폰 벨이 울릴 수도 있을
것이다.
전화를 건 그의 지인들이 그랬던 것처럼
내 지인들이 차례를 바꿔 만남을 조를 수도 있을 것
이다.
더구나 마음의 빚 같은 것이 있다면
그가 나를 두고 달려간 것처럼 나도 그럴 수 있을 것이다.

—그럴 수 있을까?
사념은 어디로 내달리는가, 무엇을 질료로 하는가.

그의 삶 속에서 낮은 포복으로 움직이는 낯선 그림자들,
짐짓 슬픈 표정 뒤에 감춘 희열喜悅의 정체는 무엇인가?
내 의구심이, 집요한 추론이,
바위틈 겁먹은 생물을 꼬챙이로 찔러대듯 잔혹하다지만
본디 청자聽者의 힘이 더 강한 것 아닌가. 여하튼
지금 내가 온갖 냄새를 풍기는 선창가에 혼자 있다는

것이다.

바다 하층부에서 끊임없이 요동하는 미분자들의 정
화淨化에

나를 기대어 본다는 것이다.

바닷가 방[*]

여자의 방은 복도 중간에 있었다.
여자가 찻물을 올리고 우편물을 정리하는 동안
나는 1인용 소파에 앉아 벽에 걸린 그림을 보고 있었다.

바다를 향해 활짝 문이 열려 있는 방;

그림은 모두 열린 문이다.

비껴드는 햇살에 어깨가 따뜻했다.
문턱에 걸터앉은 내 발이 푸른 바다에 부드럽게 잠겨
들었다.

빛이 어둠 쪽으로 삼투하고 있었다.
복도 양편 늘어선 문마다 빼곡히 글자들이 씌어 있었다.
황망한 행보의 단서를 잡을 수 없었다.

그림을 돌려받겠다고 생각하자 숨쉬기가 힘들었다.
여자의 얼굴이 먼 미래처럼 가물거렸다.

* 에드워드 호퍼의 그림

피에타

귓속에서 파도 소리가 잦아들었다. 깊은 물속을 유영
하고 난 듯 몸이 무거웠다.

청동 벽시계, 물방울 그림, 장식 촛대들, 매일 봐온 것
들이 낯선 곳에서 쭈뼛거리고 있었다.
나는 태아처럼 몸을 웅크리고 시트를 끌어당겼다.
"플루토, 침대 위는 네 자리가 아니야."
그의 목소리가 남풍 같았다. 몸이 한결 가벼워졌다.

거실 가득 햇볕이 들고 있었다. 다알리아 튤립 장미 원
색의 꽃송이들이 풀지 못한 짐들 틈에서 짓밟히고 있
었다. 커다란 발자국들이 점점 짙어졌다.
"플루토, 소파 위는 안 돼, 사람들이 보잖니. 널 옥탑으
로 옮겨야겠다. 내가 아끼는 모포를 줄게."
그에게서 깨끗한 풀향이 났다. 마음이 가뿐해졌다.

72

문을 지나, 계단을 지나, 천장이 높은 방, 먼지 쌓인 서가에서 죽은 자들이 말을 하는 방
"플루토, 여긴 너무 춥고 어둡구나."
이마에 닿는 그의 숨결이 따뜻했다. 나는 다시 소파로 침대로 옥탑으로,
그의 몸이 회전문처럼 돌고 있었다.

그가 내 이름을 부를 때마다 나는 막무가내 줄어들고 있었다. 티끌처럼 가벼워지고 있었다.

죽은 새들에게 보내는 키스

아프리카 보츠와나의 가리가리 호수에는 해마다 거대한 군집을 이룬 홍학 떼가 번식을 위해 찾아온다. 새끼 홍학들이 날갯짓을 할 즈음 사막의 건기가 세력을 확장하고, 호수 곳곳은 소금 웅덩이가 되어간다. 대부분 홍학들이 새로운 터전을 찾아 떠나지만, 날지 못하는 어린 홍학과 어미는 가까운 담수호로 힘겨운 행군을 해야 한다.

모두가 소금 호수를 떠난 뒤, 그제야 알을 깨고 나오는 것들이 있다. 눈도 채 뜨지 못한 회색빛 새끼들은 본능적으로 물을 향해 걸음을 옮긴다. 한 걸음 한 걸음 연한 갈퀴에 소금이 엉겨붙어 걸을수록 단단해지고 무거워진다.족쇄처럼 소금 덩어리를 매단 죽음들,

죄의식이라는 소금 웅덩이에, 뒤늦게 껍질을 깨고 나와 두리번 거리는 그들이 있다.

나의 가슴은 개방된 집이다[*]

낙타를 타고 카페트 깔린 거실을 지나 카프카의 방으
로 가고 있었다.

하늘과 세상 사이에 성이 있었다.

언덕이 굽이진 곳에서 아코디언의 주름상자처럼 모랫
더미들이 움직거렸다.
검은 말 흰 말 흰 말 검은 말 …… 먼지바람을 일으키
며 아랍인들이 몰려오고 있었다.

흰 두건 밑의 까만 눈동자에 태양빛이 이글거렸다.

그들의 시선이 닿는 곳마다 붉은 화인이 남겨졌다. 사
각지대가 없는 거대한 눈이었다.

늘어진 시계는 모두 오후 4시에 맞춰져 있었다.

* 뢰스케 「Open House」에서 인용

아르카디아,

하얀 트럭에서 하얀 사람들이 뛰어내렸다.
하얀 입에서 쏟아져 나온 하얀 말들이
급하게 바리케이드를 쳤다.
검은 지프 안의 그가
　앞을 가로막지 마라.
　보시라, 외눈박이 등으로 덜그럭거리는 와이퍼로
　여기까지 어떻게 왔는가를, 이제야
　폭우가 멎고 천둥 번개가 잠잠하지 않은가.
　내게 눈부신 웃음이 있었다 말하지 마라.
　반짝이는 수면 아래 썩은 수초처럼 매달린 자책을
　썩을 줄 모르는 욕망의 뿌리를 더는 견딜 수 없다.
　보시라, 금빛 대기 속으로 흩어지는 물방울 입자들을
　나도 찬연한 물빛으로 스며들고 싶다.
검은 말을 내뱉는 동안
하얀 말들이 바리케이드를 쌓는 동안
뒷자리에 숨죽이고 있던 그의 분신들이

열 개의 자명종이 한꺼번에 울리듯 다투기 시작했다.

행동할 것인가, 단념할 것인가.

푼크툼Punctum*

'보바리 부인을 해부하는 플로베르' 풍자 삽화를 보네.
불거진 눈 검게 늘어진 안윤근 농구공만한 머리
가슴까지 八자로 뻗친 수염
간신히 균형 잡고 선 펜촉 같은 발, 그림 속 플로베르가
한 손에 돋보기를 다른 한 손에 피 흐르는 심장을 들고
있네.
고대 문명의 제사장처럼 주도면밀하네.
해부대 위 잿빛 바디에 델핀 들라마르가 겹쳐 눕고

악몽 속 군대가 나를 섭렵하네.

손바닥 위에서 필라멘트처럼 떨고 있는 회백색 물질
무수한 굴곡 갈피갈피 신이 새겨 넣은 문장들
화해할 수 없는 것들이 파랗게 섬광을 일으키네.
침묵의 득시글거리는 이 소요를 무엇으로 잠재울까.

현상 밑의 숨겨진 방들을 무엇으로 열어볼까.
끝없이 더듬거릴 수밖에 없는
텅 빈 두개골의 내가 검은 실로 잘려진 귀를 깁고

낯선 시간의 터널을 지나고 있네.

* 일반적 해석 체계를 전복시키면서 '보는 이'에게 엄습하는 '개
별적 효과', 혹은 그런 방식의 그림 감상

이상한 제국
—꿈이라는 텍스트

1

창고 문을 여니 바닥에 메뚜기 떼가 빼곡하다. 마음을
단단히 먹고 한 걸음씩 내딛는데 뭔가에 몰두한 그들
은 나를 염두에 두지 않는다. 벽을 따라 줄지은 서가에
서 자루가 긴 연장 하나를 집어들었는데 도무지 쓰임
새를 알 수 없다. 내가 왜 이곳에 있는지 막연해 돌아
보니, 돌연 눈 덮인 벌판에 맨발로 내가 서 있다. 여기
가 밖인지 안인지, 눈이 닿는 곳마다 열린 문이다.

2

한아름 꽃다발을 든 사람 뒤로 몸이 날렵한 대형견 두
마리가 따라가고 있다. 날은 어스름하고 몇 채의 집이
보이지만 불빛 없는 마을이 기괴하다. 나는 길 끝까지
가야 하는데, 꽃을 든 사람 뒤를 따라가도 될는지 어떨
는지 걸음을 떼지 못한다. 움직이지 않는 것들이 완벽
하게 어두워졌다.

3

밖이 소란스러워 나와 보니, 차도와 인도에 문어들이 널브러져 있고 사방이 검은 얼룩이다. 사람들이 소방 호스를 연결하느라, 씻어내느라, 부산하다. 눈을 부릅 뜬 내가 먼저 원인을 알아봐야 한다고 말리지만, 아무 도 내 말에 귀 기울이지 않는다. 모든 것이 하수구로 쓸려가고 거리는 예전처럼 깨끗해졌다. 고인 물이 파 문을 그쳤는데, 하얀 제복을 입은 사람들이 모였다가 흩어졌다가를 반복했다.

감각의 논리[*]
—누드 드로잉

외부인의 출입이 통제되고 창마다 블라인드가 내려졌다.

9등신의 남성 모델이 가운을 벗고 무대 가운데 자리잡았다.
준비된 음악과 몸의 간결한 움직임만으로 '영혼을 부여받는 아담'이 재현되었다.

모델과 캔버스를 번갈아 주시하는 시선들이, 바닥에서 무릎, 치골, 가슴, 정수리까지 어림 분할하는 손놀림들이 바빠졌다.

팔짱을 끼고 이젤과 이젤 사이를 오가던 k강사가 목소리를 낮춰 말했다.
"보이는 대로 낱낱이 그리라는 게 아닙니다.
단단한 뼈와 근육을 느끼세요.
육체가 뿜어내는 생기生起를 보여주세요."

블라인드 틈으로 든 햇빛이 후광처럼 k강사를 비췄다.

예각으로 세운 무릎 위로 팔을 뻗고 있는 모델의 시선은
내내 화실 너머에 닿아 있었고
나는 '감각'과 '논리' 사이에서 동요하고 있었다.

* 질 들뢰즈, 『감각의 논리』에서 차용

크림색 차양이 드리워진 호텔 테라스

정원에 내리는 태양빛
연못 속에서 가볍게 일렁이는 수초들
먹이통 옆 외발로 졸고 있는 플라밍고
스프링클러의 물보라에 깃을 치는 부리가 빨간 새 두
마리
편백나무 울타리 아래 색상환처럼 핀 수국들
굽이 높은 접시 위의 망고셔벳
일제히 뜰을 향해 앉은 테라스의 사람들

—괜찮아? 괜찮지?
—응? 응.

르네 플레밍은 언제까지 달콤한 휴식*을 노래 부를 건가.

풍광은 서로를 알지 못하고, 감각은 뇌에 둥지 틀지 않
는데

시가 되지 않는 삶이 폐허의 돌탑처럼 위태한데

* 모차르트의 미완성 음악극 '차이데' 중 차이데의 아리아

도플갱어

무언가는 우리에게
피부처럼 낮과 밤을 입힌다
추락으로 끝내려는
더없이 집요한 유희를 위해
—파울 첼란

1

방울뱀은 다람쥐를 잡기 위해 나무에 오르는 법이 없
다지. 풀숲에 똬리를 틀고 잠든 혼을 깨우듯 바람결에
방울 소리를 싣는다지. 높은 나뭇가지 위에서 날뛰던
다람쥐가 제 몸을 던질 때까지 부신 눈길을 보낸다지.

2

나는 긴 의자에 누워 눈을 감지. 세상은 금기의 경적으
로 가득 차 뿌리 없는 마음을 붙들어둬야 하지. 그러고
는 불안의 가장자리를 위태롭게 걸어가지. 먼 지평처
럼 현실은 평안하지만, 관속 같은 심연에서 누군가 말
을 하네;
최후는 모습을 보이지 않지만 반드시 오고야 말지.

86

모두가 다 혼자다

마고트 차를 타고 마리타네 갔었네. '검은숲' 굽이굽이
창공에 맞닿아 일렁이는 구릉들 마고트 차를 타고 마리
타네 갔었네. 비탈진 초지 위 점점이 풀을 뜯는 소떼들
햇빛에 여울지는 농가 앞 개울물 뜰을 소요하는 부리가
노란 대륙검은지빠귀 마고트 차를 타고 마리타네 갔었
네. 헤세의 고향 칼브에 갔었네. "모두가 다 혼자다"
'안개 속'이 아니어도, 니콜라우스 다리 위의 그가 되뇌
지만 보리수 나무 아래 환대歡待가 생기로 충만했네.

공연은 취소되고/ 경기장엔 가짜 박수뿐*

일상이 타다 만 폭죽 같아, 시간의 바깥 채색彩色의 풍
경을 찾아가네.

* 코로나 팬데믹을 다룬 믹 재거의 곡曲 'Eazy Sleazy'에서

4부

비극의 탄생

'자신이 아무것도 모르고 있다는 사실을 고백한 유일
한 자'—소크라테스가
존재의 바다에 理性Logos이라는 대못을 박았다.

섬처럼 떠 있던 바닷새들이 수면을 박차고 날아올랐다.

바닷속 무수한 디오니소스적 기호들이 종잡을 수 없이
激浪을 일으켰다.

사라방드[*]

기차는 8시에 떠나네, 아그네스 발차의 노래를 듣다가 겨
울밤, 비상구, 골수를 다 내놓은, 실어증의 길, 불안한 마
침표와 쉼표들, 살기 위해 삶을 버린 시인의 붉은 시어들
에 눈을 팔다가 아메데오 모딜리아니의 여자가 떠올랐다.

까맣게 잊고 있던 꿈의 두터운 안개가 걷히고 있었다.

쥐들이 들끓는 밤거리였다. 하수구에는 가벼운 여자들
의 몸짓처럼 김이 피어오르고, 흐린 가등 아래 목이 긴
여자가 적막의 한 곳을 응시하고 있었다. 눈동자 없는
눈으로 푸른 물 가득한 눈으로 말을 하고 있었다. 어둠
에 스며 있던 적막이 발을 떼었다. 얇은 먼지 같은 그
림자가 번번이 구겨졌다. 오래된 자학이, 강박이 푸석
푸석 떨어졌다. 여자의 팔이 단단히 자신을 껴안고 있
었다. 바닥에 끌린 여자의 외투자락이 리듬을 타기 시
작했다. 흐린 가등 아래 쥐들이 사방으로 흩어졌다.

* 3박자의 느리고 장중한 춤곡

너는 반박하지 않는다
—격포에서

관자놀이에 갖다 댄 네 손가락이 덜 마른 석고 빛이다.
무엇이 문제인가.

그럴 리가 없어—손끝에 엉겨붙은 반죽을 떼어내듯 네
가 혼잣말을 한다.

햄릿의 문제는 무엇에서 비롯되었는가. 음울한
상념인가? 유령이 전한 말인가? 호두껍질 안에
웅크리고 있어도 자신을 우주의 주인으로 여길
수 있다는 햄릿, 생각이 문제를 일으키는 질병이
라고 한 자연주의자들, 생각이 모든 것을 위로한
다는 샹포르의 금언, 코기토보다 차갑고 극단적
이고 사심私心으로 가득 찬 정념이 있을까? 라고
한 들뢰즈
소요하는 상념이 뒤엉킨 사태의 기원을 찾고, 이면에
놓인 씁쓸한 논리를 알아간다는 것인가.

채석강 암벽에 빼곡히 새겨놓은 바다의 문장들, 격포
가 답을 줄 것인가.

너는 벗은 발에 집중한다. 물 나간 자리 포석처럼 드러
난 바위에, 하얗게 꽃피운 석화에, 바위틈을 들락거리는
작은 벌레에, 수면을 스치며 날아가는 갈매기에, 등대로
이어지는 긴 방파제에, 구름 낀 하늘에, 인적 없는 백사
장에, 섬처럼 떠 있는 바지선에, 출항을 준비하는 고깃
배에, 혈관 속으로 번지는 이른 아침 포구浦口 냄새에

너는 집중한다.

그럴 리가 없어—발밑에서 파도가 부서지는데

안개 덮인 잿빛 바다는 입을 닫고 무엇을 견디고 있는가.

분기를 거듭하는 점 x

스크린도어 저편의 여자가 검은 베일을 썼네.
누가 먼저랄 것 없이 팔을 내밀지만
서로의 거리를 가늠할 수 없네.
나는 이해하고 싶네. 그에게 일어난 일을,
검은 베일의 내력을

눈먼 행운은 벼락처럼 온다네.
머릿속 수천억 시냅스가 어지러운 빛을 발하고
발등에 날개가 돋친 듯 갈피를 잡지 못했다네.
검게 패인 잔해 틈에 여린 생명이 다투어 피지만
세상은 그리 녹록지 않다네.

나는 노란 안전선 안쪽에서
스크린도어 속의 얼굴을 마주하네.
파국 없이 박제된 상像들이 의식의 외곽에 안장되고
낯선 삶이 계속될 것이네.

부단한 애도 행렬이 전시轉寫된 판화처럼 열차에 실려가네.

빈사의 열대

말이란 가장 격렬한 변질을 일으키는
미세한 화학 물질이다.
—롤랑 바르트

먹이를 주지 않아도 말이 비대해지네.
시간의 살을 먹고 스스로 증식하는 말
내 안에서 요동치는 말
검붉은 갈기가 아마존의 불길 같네.
천천히 다가오는 죽음처럼 나를 장악하네.

아마존의 눈물이 그칠 줄 모르네.

내 무딘 혀에 상냥함을 입혀야 하리.
불붙은 갈기를, 팽배한 몸을 부드럽게 핥아야 하리.
도취한 눈꺼풀에 입술을 대고
그의 다정한 무덤이 되어야 하리.
인고의 침묵으로 열대의 꽃들을 피워야 하리.

아마존의 눈물이 그칠 줄 모르네.

The Artist is Present[*]

마리나 아브라모비치, 그녀가 마주앉은 관객의 눈을
바라본다. 관객이 그녀의 눈을 바라본다. 반투명 광물
같은 눈 너머를 오래 들여다본다.
고대의 석상처럼 버티고 앉은 마리나 앞에 어떤 이는
울고 어떤 이는 웃고, 좌불안석하고, 기행奇行을 하고

'나는 방아쇠이고 거울일 뿐'이라는 마리나 아브라모
비치
말한 대로 되리라, 아브라카다브라 주문처럼
마리나 아브라모비치가 떠나지 않는다.

무엇이 그들을 울게 하는가, 웃게 하는가.
무엇이 그들을 불안케 하는가.
백지 앞의 우리는 왜 폐허에 나부끼는 깃발 같은가.

무수한 사상과 감정이 생성하고 소멸하는 세계
검은 창 뒤의 풍경처럼 식별되지 않는 타자들의 세계

* 「예술가가 여기 있다」: 마리나 아브라모비치의 행위예술
"… 관객이 나의 작업이다. 나 자신을 지우면 관객은 나의 작품
이 된다."

조지아 오키프[*]
—k 선생님께

선생님을 뵌 지 오래되었습니다. 지인들을 통해 듣는 소식이 밝지 않으니 늘 웃음을 잃지 않으시던 선생님의 상황이 얼마나 암담한지 짐작하고 있습니다. 저는 요즘 카쉬가 찍은 오키프의 사진에 붙들려 있습니다.

모래와 시멘트의 결이 그대로 드러난 흑백의 공간, 뉴멕시코 아비키우의 집 벽에는 하얗게 육탈된 수사슴의 머리뼈가 장식되어 있고, 말라 비틀린 고목 둥치를 팔걸이로 노년의 오키프가 앉아 있습니다. 자연광을 비스듬히 받고 있는 그녀의 단정한 모습이, 시간의 흔적을 고스란히 담고 있는 나무 문짝과 무척 닮아 보입니다. 검은 벨벳 소매 끝에 부각된 강인한 듯 섬세한 두 손이 그녀의 삶을 보여주고 있습니다.

오키프는 주변의 적대적 시선과 편견, 예술 권력에 맞서 자기만의 정체성을 찾으려 애썼습니다. 오만했지만 정직하게 정념에 몰두했고, 사랑의 파괴력 앞에 정신 발작으로 무너지면서도 내면의 힘을 잃지 않았으며,

뉴욕에서의 위상에도 불구하고 허위로 가득한 삶을 떠나 황량한 사막으로 이주했습니다.

전망 없는 삶, '사유가 비틀대는 마지막 전환점'으로서의 사막에 대해 어떤 이는 '사막에서 버티기'를 말하고, 어떤 이는 '사막을 건너기'를 말합니다. '삶의 이해할 수 없음'에 맞서 반항하거나, 설령 그렇지 않더라도 그런 것처럼 희망을 가지고 살아보라는 것이지요. 오키프가 절대고독의 사막에 정착해 예술혼을 불태운 것은 이미 이 모두에 성공한 것인지도 모릅니다.

그녀의 그림 중 「여름날」은 특히 인상 깊습니다. 굽이치는 모래산맥과 청명한 하늘에 피어오르는 구름을 배경으로, 허공 가운데 떠 있는 수사슴의 머리뼈, 빛무리를 타고 오르는 야생화의 병치가 초현실적입니다. 오키프의 그림들에 대해 선생님과 얘기 나눌 기회가 오기를 기대하고 있습니다.

인물 사진의 거장으로 불리는 카쉬는 사람들은 누구나

내면에 비밀을 감추고 있고, 사진작가로서 자신의 역할은 드러나지 않는 무언가를 포착하는 것이라고 말했습니다.
사진 속 오키프가 흐트러짐 없는 자세로 사막의 바람 소리에 귀를 대고 있습니다.

* Georgia O'Keefe(1887-1986), 미국 화가

끝없이 두 갈래로 갈라지는 길들이 있는 정원 2

올리브 가게 터키 남자가 웃으라는 시늉으로 자신의
입꼬리를 치켜올렸어. 마디진 그의 손끝을 좇아 엉겁
결에 웃었는데, 생경한 이국의 야시장이—발에 잡힌
물집 같은 포석들이—회전목마의 궤적을 그리기 시작
했어. 성당 앞 작은 수로들이 웃음을 흩뿌릴 땐 머릿속
이 빛에 드러난 박쥐처럼 소란스러웠지.

말해봐, 기억의 어디쯤에 가 있는지. 왜 회한의 다리를
끌고 언어의 가장자리를 맴도는지.

마야의 환영에 사로잡혀; 우리가 삶의 적의에 찬 밀림
에서 반가통의 독서를 횃불인 듯 내세울 때—고국을
등진 이들이 안개에 싸인 늪지처럼 침묵할 때—그는
성당의 종소리보다 크게 자신의 노래를 불렀어. 그의
신념이—행동이—치명적 도약으로 이어졌고 다시 한
세계가 봉합되었지만, 슈바르츠발트의 키 낮은 잡목들
마저 검은 숲을 이뤘지만, 우리들은 모두 아무것도 아
닌 관계가 되었지만

모르겠어, 이 낯선 도시에서 어떤 표정을 지어야 할지.

망각Oblivion

부조리극의 대화가 이어지고—반도네온이 연주되고—
침묵을 일관하던 k가 퇴장한다.

인파 속에서 k가 이편의 자취를 더듬을 때, 그에게서
눈을 떼지 않은 h가 일행에서 떨어져 창가로 옮겨 앉
았다.

자동차 불빛들이 건널 수 없는 강물처럼 넘실거렸다.

우리 모두 힘든 존재야, h가 혼잣말을 했고
군중들에 떠밀린 k가 발광체 같은 건물들 사이로 사라
졌다.

사소한 작별 뒤, 슬며시 한 세계가 영원에 묻히고
시간의 바깥에서 반복 재생되는 영상들

피아졸라의 '망각'이 흐르는 동안
비 쏟아지는 거리 풍경이, 카페 안 풍경이
현실적 나와 무수한 추상적 내가 유리창에 뒤섞이고

형벌처럼 반도네온이 연주되고,

로렌스의 뱀

흙담 틈바구니 속으로 황급히 몸을 감춘 로렌스의 뱀
처럼
어둔 방 서가에 등을 대고 생각의 똬리를 트네.
발화發話되지 못한 말들의 열기가 살갗을 잠식하네.

'뱀이 내 물통으로 왔다' 로렌스의 「뱀」은 이렇게 시작
된다네.
쥐엄나무 짙은 향이 대기를 짓누르는 날
그보다 먼저 와 돌물통을 차지한 황갈색 뱀:
두 갈래 혀로 허공을 손짓하듯, 무심의 언저리를 건드리듯
대롱의 방울지는 물로 긴 몸을 채우던
한낮의 태양 아래, 정적 가운데, 그가 환대했던
등을 돌려 대지의 음침한 구멍 속으로 머리를 처넣어
그를 실망시킨
그의 항변抗辯적 기척에 볼품없이 몸을 뒤틀며 꼬리를
감춘

그들은 서로에게 얼마나 인색했는지.

파괴적 기습奇襲은 타자가 아닌 내부로부터라네.

사피엔스들

c는 두 손으로 머리를 감싸며 처음으로 겪는 좌절이라
고 말했다.
퇴로를 마련 않고 올인한 것이 가장 큰 후회라고 했다.

s는 두 손으로 머리를 감싸며 퇴로는 없다고
그저 겪는 수밖에 없다고 말했다.
창에 비친 그의 정수리 위로 때 이른 눈발이 서성거렸다.

관중석이 함성으로 폭발하고, 슛이 골대를 벗어나는
순간
골을 놓친 선수가 두 손으로 머리를 움켜쥐며 탄식한다.
어떤 학자는 '수치심' 때문이라고, 또 다른 학자는 심
리적 '자기위로'라고 해석했다.

불안과 두려움과 소외, 뭉크의 '절규'가 있다.
h의 안부가 궁금하다.

끝없이 두 갈래로 갈라지는 길들이 있는 정원 3

흐린 가등이 앞서가는 사람들을 낯선 사물처럼 비췄다. 차량이 뜸한 몇 개의 횡단보도를 건너 가파르고 좁은 돌계단을 올랐다. 언덕 위 조명을 받은 마차시 성당이 승천의 기세로 어둠을 밀어내고 있었다. 그는 기꺼이 갔을까, 불현듯 한뺘을 생각했다. '참으로 순수하고 흐트러짐 없던 사람' 누군가의 애도 글에 눈을 떼지 못했다. 삶과 죽음의 경계에서 보인다는 환경環景,그는 무엇으로 있었을까. 내면에 축조한 삶의 근거가 사라졌다는 것, 한 세계에 대한 감각을 다시는 기대할 수 없다는 것, 고야의 '검은 그림들' 같은 환영에 자책의 그늘이 얼마나 깊었을까. 멀리 도나우 강물 위로 교각의 불빛이 점멸했다. 별빛과 풀벌레 소리가 분간되지 않았다. 관광지의 야경이 잠들 줄 몰랐다.

사람은 무엇으로 사는가. 밤바람처럼 몸을 숨긴 기억들이 불온하다.

게쉬탈트 쉬프트[*]

김선생은 건축 분야의 전문가지만 빨간색 꽃은 모두 장미인 줄 안다. 외과용 스테이플러는 무는 개미로 상처를 깁는 것에 착안되었고 도개교는 눈꺼풀의 움직임과 같은 원리라고 그가 말할 때, 당신도 어떤 대상 앞에서 그것이 무엇인지가 아니라 무엇이 될까를 생각하지 않나요? 그가 눈을 반짝이며 물을 때, 아 그렇군요 아 그렇지요 고개를 주억거리면서

나는 폐허의 바르샤바 술과 피로에 찌든 부제스카 거리를 가로지르고 있었다. '모든 것이 시원히 끝났다. 인생의 만세를 부른다.'[**] '낡은 외투'를 벗어던진 아그네시카의 외침을 생각했다. 뒤축 하나가 부러진 것처럼 기우뚱거리는 그녀를 생각했다.

탈주선을 탄다는 것; 니체가, 뒤샹이, 맨발의 던컨이, 고타마 싯다르타가…그들의 도약에 목숨을 걸었다는 것이다.

* 하나의 감각정보가 동일하지 않은 복수의 의미를 내포하고 있
는 현상
** 마렉 플라스코, 『제8요일』

우리는 타인의 얼굴에서 어떻게 격정의 감정을 읽어내는가

초당 300프레임, 가깝게 배열된 인물들의 영상이 느린 속도로 재생된다.* 비통에 잠긴 표정과 무언의 몸짓이 곤충의 날갯짓만큼이나 복잡하다. 당혹과 분노, 연민, 두려움과 슬픔…고통의 감정들이 발산되고 수렴된다. 물리적 시간이 확장된다.

그들의 면전에—심리적 시간 속에—어떤 불행의 현장이 펼쳐져 있는가.

대책 없이 들이닥치는 참사들, 어둠의 편에서 행해지는 무신경한 폭력들, 기생식물처럼 뿌리내리는 병마들, 치명적 도약을 감행하는 사람들

전시장 가득 빠르게 교차하는 비명과 신음의 이미지 사이, 관람자들이 유령처럼 떠다니고 아이의 명랑한 허밍이 낭하를 울리는 고무공처럼 현실적 공간에 공명한다. 가슴속 천근의 추가 불안한 진자운동을 한다.

애도 의식儀式에 참여한 사람들이 관람자들에게서 시선을 떼지 않는다.

* 빌 비올라, 「의식Observance」, 플라스마 모니터, 고화질 비디오

호모 사케르Homo Sacer
—'벌거벗은 생명'

정오의 태양 아래 내가 놓여 있다.
광장의 사람들이 홀로그램처럼 출몰하고
무수한 눈들이 나를 응시한다, 내가 폭발한다.
하얗게 발광發光하는 동공들의
광대무변廣大無邊한 우주
심해의 해파리 떼처럼 예측할 수 없는 것들이
무색의 형체를 드러낸다.
촉수를 길게 뻗어 삶을 동여매고
침봉 같은 혀로 벌거벗은 정신을 드나든다.
저항할 수 없는 힘이 빛의 소용돌이를 일으킨다.
마침내 나는 가벼운 물질이 되는 걸까?
비로소 분화하고 번식하고 진화하는 걸까?
지나간 시간의 모든 내가
아직 오지 않은 시간의 모든 내가
어둠의 부피에 몸을 맡긴다.

내 기대와 기억이 무화無化된 타자들의 세계에서
무한의 구속을 뚫고
어떤 형태로 내가 태어나게 될까.

해설

통과 의례의 마취제
—시의 소마soma주—

김백겸

예술가의 환각—데몬demon

예술이란 자연—우주적 무한의 파동 에너지를 유한한 공간으로 담아내는 것이고, 작가의 유한한 예술행위— 작품을 열쇠로 삼아, 자연 에너지의 반복 리듬으로 무한을 경험하게 하는 것으로 정의해 보기로 하자. 관객과 독자는 예술가가 무의식으로 창조한 작품의 리듬과 낯설기의 해석을 통해 작품—우주적 리듬의 사건이 일정한 형식의 그물에 드러난 것으로 흥(興:표현으로 다하지 못한 뜻과 감정)과 비(比:다른 사물을 빗대어 드러낸 존재태의 경험)를 인식한다.

예술은 이슬람 수피 사제들의 군무처럼 인간의 몸과 정신을 리듬으로 고양하고 타자와의 동조를 통한 합일의 추구, 또는 그러한 작가의 욕망으로 성립하는데 이러한 과정에서 작가의 고양된 정신은 익숙한 일상의 세계를 낯설기의 깨달음으로 전복한다. 낯설기의 경험은 독자의 인식체계도 전복한다. 독자는 작가가 새로운 질서를 찾아 표현한 작업공간-예술행위의 자장에 갇히면서 자신과 세계를 새롭게 한다.

예술의 기원에 대한 여러 해석이 있지만 예술가의 고양된 정서와 인식은 샤면과 종교수행승들의 비전행위(환각)와 닮아 있다. 융심리학에 의하면 예술가와 사제는 내면의 아니마Anima나 아니무스Animus의 음성을 듣는 사람인데 그 내면의 목소리가 심혼心魂—데몬 Demon의 목소리로 발전한 사람들이 위대한 종교가나 사상가 예술가가 된다. 아니마가 개인적인 심혼이라면 데몬demon은 보다 공적이고 집단적인 삶의 지혜와 정열에 관여하는 천재의 심혼이라 정의되기도 한다.

예술가로서의 허정애 시인이 심혼—아니무스의 목소리를 드러낸 시편이 있다.

심혼—아니무스animus

붉은 용액이 끓고 있는 플라스크, 시료가 든 시험관들,
빛을 흩뿌리는 크고 작은 비커들;
둥근 양철지붕의 실험실로 아버지가 찾아오셨다.
말끔한 양복에 백자 같은 얼굴을 하시고

들어오세요, 들어오세요; 들으셨는지 못 들으셨는지
느닷없이 낯선 도시에 내려진 것처럼 우두커니, 서 계
셨다.

그와 나 사이 지척인데, 몇 개의 문을 지났는데
거리가 좁혀지지 않았다.
나를 정점으로 하얀 실습복을 입은 나와 그 사이가
삼각 구도로 고정되었다.

수십 년 시간을 되짚어 먼 길을 오신 아버지;
무슨 할 말이 있었던 걸까?
그는 왜 아버지의 형상을 취한 걸까?—나는 왜 죽은 자
들을 소환한 걸까?

오랫동안 열린 창 앞에서 밤의 고요를 향해 나도 그렇게

우두커니,

—「존재-시간」 전문

꿈은 개인의 무의식적 욕망과 암묵지가 상징과
은유와 알레고리의 형태로 드러난다는 점에서
시와 같다. 그러므로 모든 인간은 잠재적 시인―
예술가인데 다만 시인들은 이 욕망과 인식을 대
낮의 언어―백일몽으로 드러내는 훈련을 한 사
람이다. 허정애 시인은 꿈에서 부친(아니무스의
투사)을 만나 당황스러웠던 정서적 경험을 시로
썼다. "그는 왜 아버지의 형상을 취한 걸까?―나
는 왜 죽은 자들을 소환한 걸까?"라는 진술로 허
정애 시인은 자신이 소환한 그가 아버지를 넘어
서는 내면의 현자(대타자)임을 암시하고 있다.
일상을 넘어선 경험―대타자의 만남이 특별한
정서적 사건이기에 시인의 심혼은 "오랫동안 열
린 창 앞에서 밤의 고요를 향해 나도 그렇게 우
두커니" 서 있는데 이러한 당혹과 방황은 다음
시편으로 발전한다.

상징 언어―이상한 감정의 흔적

1

창고 문을 여니 바닥에 메뚜기 떼가 빼곡하다. 마음을 단단히 먹고 한 걸음씩 내딛는데 뭔가에 몰두한 그들은 나를 염두에 두지 않는다. 벽을 따라 줄지은 서가에서 자루가 긴 연장 하나를 집어들었는데 도무지 쓰임새를 알 수 없다. 내가 왜 이곳에 있는지 막연해 돌아보니, 돌연 눈 덮인 벌판에 맨발로 내가 서 있다. 여기가 밖인지 안인지, 눈이 닿는 곳마다 열린 문이다.

2

한아름 꽃다발을 든 사람 뒤로 몸이 날렵한 대형견 두 마리가 따라가고 있다. 날은 어스름하고 몇 채의 집이 보이지만 불빛 없는 마을이 기괴하다. 나는 길 끝까지 가야 하는데, 꽃을 든 사람 뒤를 따라가도 되는지 어떨는지 걸음을 떼지 못한다. 움직이지 않는 것들이 완벽하게 어두워졌다.

3

밖이 소란스러워 나와 보니, 차도와 인도에 문어들이 널브러져 있고 사방이 검은 얼룩이다. 사람들이 소방호스

를 연결하느라, 씻어내느라, 부산하다. 눈을 부릅뜬 내
가 먼저 원인을 알아봐야 한다고 말리지만, 아무도 내
말에 귀 기울이지 않는다. 모든 것이 하수구로 쓸려가고
거리는 예전처럼 깨끗해졌다. 고인 물이 파문을 그쳤는
데, 하얀 제복을 입은 사람들이 모였다가 흩어졌다가를
반복했다.

—「이상한 제국—꿈이라는 텍스트」 전문

허정애 시인이 꿈이라는 텍스트에서 채취한 이미지들
과 장면은 시인 자신도 알 수 없는 이상한 제국—심혼
의 나라에서 가져왔다. 상기 이미지들을 동원한 꿈의
플롯은 시인의 소명—'통과의례적 제의'가 들어있다.
융의 관점에서는 집단무의식—신화적 동기도 들어있
을 수 있다. 필자는 꿈의 플롯에 등장한 이미지들—"메
뚜기 떼" "자루가 긴 연장 하나" "한아름 꽃다발을 든
사람" "몸이 날렵한 대형견 두 마리" "인도에 문어들이
널브러져 있고" "하얀 제복을 입은 사람들"의 상징 표
현에 주목하고자 한다. 이 이미지들은 심혼이 말하고
자 하는—전이와 치환을 거친 욕망의 결여—상징의 배
후 주체라고 가정해 볼 수 있다.

정신분석가들은 이 상징들이 현실에서 어떤 정신적 가치를 보상하는지에 관심이 있겠지만 필자는 이상한 의미를 포함한 이미지들의 살아있는 긴장을 주목하고자 한다. 긴장의 시는 의미의 긴장을 포함하고 긴장이 없는 시는 기교적일지라도 죽은 의미의 시가 되기 때문. 「이상한 제국—꿈이라는 텍스트」의 시는 화자가 처한 상황의 '이상한 감정'이 시적 긴장의 원천이다. 필자가 위에 거론한 이미지들은 시인의 황량한 심혼—마치 평행우주 같은 낯선 공간에 처한 심혼—의 감정을 드러낸다. 감정의 긴장은 허정애 시인이 동원한 이상한 이미지들을 추락에서 구해 목적지를 향해 흘러가게 한다. 시인에게 상처를 남긴 깊은 감정으로서의 꿈은 시인의 심혼이 일상의 페르소나에게 말하고자 하는 긴급한 메시지를 품고 있다. 감정 에너지의 변용—환상 이미지가 시편 전체를 관통하기에 프로이드와 라캉의 해석을 거치지 않더라도 독자는 자발적으로 시적 긴장에 참여할 수 있다.

조지아 오키프의 그림—「여름날」에 대한 미학의 입장

선생님을 뵌 지 오래되었습니다. 지인들을 통해 듣는 소식이 밝지 않으니 늘 웃음을 잃지 않으시던 선생님의 상황이 얼마나 암담한지 짐작하고 있습니다. 저는 요즘 카쉬가 찍은 오키프의 사진에 붙들려 있습니다.

모래와 시멘트의 결이 그대로 드러난 흑백의 공간, 뉴멕시코 아비키우의 집 벽에는 하얗게 육탈된 수사슴의 머리뼈가 장식되어 있고, 말라 비틀린 고목 둥치를 팔걸이로 노년의 오키프가 앉아 있습니다. 자연광을 비스듬히 받고 있는 그녀의 단정한 모습이, 시간의 흔적을 고스란히 담고 있는 나무 문짝과 무척 닮아 보입니다. 검은 벨벳 소매 끝에 부각된 강인한 듯 섬세한 두 손이 그녀의 삶을 보여주고 있습니다.

오키프는 주변의 적대적 시선과 편견, 예술 권력에 맞서 자기만의 정체성을 찾으려 애썼습니다. 오만했지만 정직하게 정념에 몰두했고, 사랑의 파괴력 앞에 정신발작으로 무너지면서도 내면의 힘을 잃지 않았으며, 뉴욕에서의 위상에도 불구하고 허위로 가득한 삶을 떠나 황량한 사막으로 이주했습니다.

전망 없는 삶, '사유가 비틀대는 마지막 전환점'으로서의 사막에 대해 어떤 이는 '사막에서 버티기'를 말하고, 어떤 이는 '사막을 건너기'를 말합니다. '삶의 이해할 수 없음'에 맞서 반항하거나, 설령 그렇지 않더라도 그런 것처럼 희망을 가지고 살아보라는 것이지요. 오키프가

절대고독의 사막에 정착해 예술혼을 불태운 것은 이미
이 모두에 성공한 것인지도 모릅니다.

그녀의 그림 중 「여름날」은 특히 인상 깊습니다. 굽이치
는 모래산맥과 청명한 하늘에 피어오르는 구름을 배경
으로, 허공 가운데 떠 있는 수사슴의 머리뼈, 빛무리를
타고 오르는 야생화의 병치가 초현실적입니다. 오키프
의 그림들에 대해 선생님과 얘기 나눌 기회가 오기를 기
대하고 있습니다.

인물사진의 거장으로 불리는 카쉬는 사람들은 누구나
내면에 비밀을 감추고 있고, 사진작가로서 자신의 역할
은 드러나지 않는 그 무언가를 포착하는 것이라고 말했
습니다.

사진 속 오키프가 흐트러짐 없는 자세로, 무염히 사막의
바람소리에 귀를 대고 있습니다.

* Georgia O'Keeffe(1887-1986), 미국 화가

—「조지아 오키프*—k 선생님께」 전문

허정애 시인은 조지아 오키프의 생애와 예술혼에 자신
을 투사해서 시인으로서의 자기정체성을 강화하고자
하는 욕망을 이 시편에 드러냈다. 투사가 내부 환상을

외부세계로 옮겨놓는 무의식적 정신과정임을 감안하면 시인이 투사한 욕망은 무엇일까 하는 흥미로운 추리가 남는다. 시 속의 화자(페르소나)가 성공한 여자 예술가의 삶과 그의 예술세계에 대한 경도를 드러냈으니 시인의 예술혼(아니무스)은 자신의 예술세계와 현실과의 불화를 암시하고 있다는 생각이 든다. 융 학파의 생각으로는 페르소나와 아니무스의 대극對極이 예술적 긴장의 원천이다.

허정애 시인은 이에 대한 생각을 드러낸다. "오키프는 주변의 적대적 시선과 편견, 예술 권력에 맞서 자기만의 정체성을 찾으려 애썼습니다. 오만했지만 정직하게 정념에 몰두했고, 사랑의 파괴력 앞에 정신발작으로 무너지면서도 내면의 힘을 잃지 않았으며, 뉴욕에서의 위상에도 불구하고 허위로 가득한 삶을 떠나 황량한 사막으로 이주했습니다."

화자는 또 "굽이치는 모래산맥과 청명한 하늘에 피어 오르는 구름을 배경으로, 허공 가운데 떠 있는 수사슴의 머리뼈, 빛무리를 타고 오르는 야생화의 병치가 초현실적"인 「여름날」의 그림에 대한 설명을 하고 있다. 이를 통해 허정애 시인은 세상과 절연한 채 '서부의 황량한 사막'에서 사는 오키프의 초상이자 자신의 초상에 대한 환상을 드러낸다.

시란 시인자신의 무의식에서 길어 올린 '언어의 꿈'이라는 필자의 생각이 있고 예술가의 표현이란 우주라는 그림(책)을 읽어낸 기록이라는 보르헤스의 생각이 있다. 이런 생각을 합하면 조지아 오키프의 「여름날」의 그림을 들여다보는 허정애 시인의 환상과 이를 다시 액자의 풍경처럼 들여다보는 독자로서의 필자의 환상이 있다. 이 환상들은 조지아 오키프의 예술적 환상과 어울려 '악흥의 순간'처럼 "드러나지 않는 그 무언가를 포착하는 것"에 대한 삼중주의 연습을 드러내고 있다.

채석강 암벽—바다의 문장들

허정애 시인의 시적 모티브는 시인 자신의 꿈—백일몽이거나 기성작가들의 꿈(작품을 통해 표현된 공적인 꿈)에 대한 해석과 환상인데 드물게 현실에서 가져온 풍경으로 환상을 전개한 시편이 있다. 격포의 풍경을 소재로 했는데도 시는 여전히 환상이다.

관자놀이에 갖다 댄 네 손가락이 덜 마른 석고 빛이다. 무엇이 문제인가.

그럴 *리가 없어*—손끝에 엉겨붙은 반죽을 떼어내듯 네가 혼잣말을 한다.

햄릿의 문제는 무엇에서 비롯되었는가. 음울한 상념인가? 유령이 전한 말인가? 호두껍질 안에 웅크리고 있어도 자신을 우주의 주인으로 여길 수 있다는 햄릿, 생각이 문제를 일으키는 질병이라고 한 자연주의자들, 생각이 모든 것을 위로한다는 샹포르의 금언, 코기토보다 차갑고 극단적이고 사심私心으로 가득 찬 정념이 있을까? 라고 한 들뢰즈
소요하는 상념이 뒤엉킨 사태의 기원을 찾고, 이면에 놓인 씁쓸한 논리를 알아간다는 것인가.

채석강 암벽에 빼곡히 새겨놓은 바다의 문장들, 격포가 답을 줄 것인가.

너는 벗은 발에 집중한다. 물 나간 자리 포석처럼 드러난 바위에, 하얗게 꽃피운 석화에, 바위틈을 들락거리는 작은 벌레에, 수면을 스치며 날아가는 갈매기에, 등대로

이어지는 긴 방파제에, 구름 낀 하늘에, 인적 없는 백사
장에, 섬처럼 떠 있는 바지선에, 출항을 준비하는 고깃
배에, 혈관 속으로 번지는 이른 아침 포구浦口 냄새에

너는 집중한다.

그럴 리가 없어—발밑에서 파도가 부서지는데

안개 덮인 잿빛 바다는 입을 닫고 무엇을 견디고 있는가.

—「너는 반박하지 않는다—격포에서」 전문

시집 전반에 걸쳐 허정애 시인은 지식인들의 생각에
대한 환상—집착을 가지고 있다. 위 시의 3연에도 이
러한 진술이 있다. 상기 진술에는 상념 방황자 햄릿과
생각이 질병이라는 자연주의자, 생각에 대한 샹포르와
들뢰즈의 사유들이 등장한다. 방대한 독서경험에 기반
한 차용이지만 허정애 시인의 사유에 대한 집착—환상
은 내면의 현자—아니무스의 목소리일까?

환상에 대한 정의가 사람마다 다를 수 있는데 필자의
생각은 라캉의 상상질서와 상징질서의 가운데 있거나

혹은 양자의 중첩이다. 허정애 시인이 사물의 대상(타자)에 집요하게 집착하고 있는 환상의 정체는 무엇일까. 환상은 주체에게 충족되지 못한 소망을 성취시켜주는 보상기능을 가지고 있기에 주체에게 삶의 의미와 활력을 준다. 구체적 사례는 문학과 종교의 텍스트 속에서 무수히 많다. 일반적인 정신의학에서는 주체가 현실충격의 좌절을 환상으로 해결하는 퇴행으로 보기에 환상 제거 처방을 한다. 그러나 라캉은 환상을 개인의 문제로 보는 대신 주체가 대타자의 눈으로 어떤 대상을 보는가의 질문에 대한 주체의 답변으로 해석한다. 라캉은 "주체-타자의 환상 공간에 대한 위반을 가능한 피하라. 타자-주체가 자신만의 방식으로 조직한 의미의 우주를 최대한 존중하라."고 처방한다. 라캉의 관점으로 허정애 시인의 편집증적인 환상 공간을 이해하기로 하자. 개인의 사적인 환상이라도 개인의 인생사에서는 이루어져야 하는 필연적인 일이기에.

필자는 사유의 직접적인 차용을 통한 지식의 현란함보다는 "채석강 암벽에 빼곡히 새겨놓은 바다의 문장들, 격포가 답을 줄 것인가."라는 이미지 공간의 사유가 더 아름답게 다가온다. "너는 벗은 발에 집중한다. 물 나간 자리 포석처럼 드러난 바위에, 하얗게 꽃피운 석화에, 바위틈을 들락거리는 작은 벌레에, 수면을 스치며 날아가는 갈매기에, 등대로 이어지는 긴 방파제에, 구름 낀 하늘에, 인적 없는 백사장에, 섬처럼 떠 있는 바지선에, 출항을 준비하는 고깃배에, 혈관 속으로 번지는 이른 아침 포구浦口 냄새에" 같은 이미지들의 병치와 그 공간이 주는 자유로운 표현은 독자를 구체적인 상황의 긴장으로 황홀하게 한다. 시력 사십 년의 필자가 생각하기에 이미지의 사유가 관념의 사유보다 백배 낫다. 예술가가 철학가와 사상가들을 경멸할 수 있는 지점이 여기에 있는데 이미지들—개별 존재자들은 컨텍스트로서의 존재—세계 사유를 이미 포함하고 있기 때문. 이미지—존재는 하이데거가 말한 대지의 은폐—진리를 여는 예술가의 시선에 의해 스스로를 현시하기 때문.

모든 예술은 음악의 상태를 동경한다

허정애 시 「이상한 제국—꿈이라는 텍스트」 들여다보기를 다음 시편으로 마무리한다.

번개와 천둥 사이, 털을 곤두세운 네가 좋아. 너무 많은 너 너무 많은 나, 소리 없는 소요가 좋아. 비 듣는 창이 좋아. 제 몸을 찢으며 광란하는 가로수들—꼬리를 물고 궁리에 명멸하는 자동차들—발광체 같은 요지부동의 마천루들—창검을 낚아채고 말달리는 비의 군단들, 좋아 좋아. 심해 같은 도시 난해한 불협화음이 좋아. 혼자 듣는 브람스가 좋아. 으르렁거리며 돌진하는 마에스토소 불현듯 잦아드는 아다지오, 관현악의 폭발적 절정이 좋아. 과묵한 그, 지고지순한 그가 좋아. 격류에 휩쓸리는 부유물들 인류의 고통-절망 가뿐히 지르밟는 이 밤이 좋아 좋아.

　　　　—「폭풍우 치는 밤—그리하여 내가 안전해진다」 전문

시가무詩歌舞가 리듬에 의해 관통되고 있다는 동양의 예술관이 있다. 시는 운율을 노래와 춤은 박자에 의지하고 있으니 인간의 무의식에서 솟구치는 리듬은 실제로는 자연의 일부인 인간이 세계를 이해하는 방식의 하나이다. 우주의 율려律呂—사계절의 변화는 인간의 생로병사에 대응하고 인간의 칠정七情—뜨고 가라앉는 감정 에너지의 원천이 된다. 감정 에너지는 무의식의 깊은 지하 동굴에서 솟구쳐 모든 꿈과 환상의 이미지들을 띄워 예술가의 일생을 관통해서 죽음까지 흘러간다.

예술가는 자신에 주어진 한정 시간 속에서 사물의 변
화와 리듬을 자신만의 언어—시와 음악 그림으로 드러
낸다. 예술 표현은 라캉의 관점으로는 우주—대타자의
욕망이 주체의 발화—표현을 통해 드러난 것이고 성리
학 관점으로는 하늘의 질서가 인간에게 성정性情으로
드러난 것이다. 예술가의 환상을 개인의 사적 환상으
로 치부할 수 없는 이유이다.

일상적 삶의 태도와 미적 삶의 태도가 다른데 미적 태
도는 폭풍우 치는 밤의 풍경처럼 수단과 목적이 뒤집
혀서 현상 자체가 예술가의 직관에 의해 드러나는 상
태이다. 허정애 시인의 미적 직관은 폭풍의 실용으로
부터 벗어나 "창검을 낚아채고 말달리는 비의 군단들"
이 좋고 "격류에 휩쓸리는 부유물들 인류의 고통-절
망"도 좋다고 말한다. 이러한 표현들은 매혹과 도취를
예술의 본성으로 본 니체의 입장과 같다.

예술가가 타자에게 자신의 목소리(대타자의 욕망)를
표현해서 보여주는 것—세계를 새롭게 하는 것이 예술
행위인데 허정애 시인은 시인의 편집증적인 환상으로

이러한 예술행위를 감행하고 있다. 시인의 환상 문법에 익숙한 독자만이 「이상한 제국—꿈이라는 텍스트」 비경에 탑승할 수 있다는 필자의 생각이 있다. 이미지의 사유인 현대시는 어렵고 이미지 사유의 좁은 길로 가는 독자는 많지 않기에 시의 위기—클래식 예술의 전망이 밝지 않다는 생각. 현대 사회에서 속세—일상의 자신을 죽이고 성소—새로운 세상에 태어나야 하는 환상을 품는 독자가 얼마나 될까. 독자(혹은 시인 자신까지)가 통과 의례의 마취제—시의 소마soma주를 마시고 새로운 비전에 눈 뜨는 순간은 또 어떤 연기緣起로 얻어지는 것일까. ■